aramyz

coleção Pajubá

HECATOMBE
2023

TODO
DIA
É
ASSIM

HECATOMBE

rua do caju, 478
jardim das cerejeiras
cotia — sp
06724-015

[55] 19 9 82411532

sumário

Para Debora Ribeiro Rendelli e Tiago Fabris Rendelli, que ouviram e deram lugar pra essa voz que o tempo todo tentaram calar.

Para o Juliano Dance.

E aos amigos: Alex Augusto Rocha Carvalho, Anette Naiman, Anna Laranjeira, Antonio Peyri, Carol Braga, Daniel Sato, Denise Antunes Cardoso de Mendonça Souza, Fabíola Karnas, Fellipe Fernandes F. Cardoso, Flávio Moura, Ivete Aparecida Miranda da Silva, Izildinha Gonçalves de Almeida Souza, Jardel Teixeira, Jozias Benedicto, Marcelino Freire, Marcos Mazutti, Maria Basilio, Mário Bortolotto, Michael Augusto, Neli Gamboa, Paulo Palado, Patrícia Silva Gallerani Curter, Paula Gomes Vieira, Pedro Jucá, Pedro Pellegrino, Rebecca Leão, Thais Bartijoto de Oliveira, Waldir Caño Bona

[prefácio]

Um prefácio para aquilo que é assim todo dia? Uma explicação para a cara feia de um dia a dia duro como pau e pedra? Seria possível ou necessário mediar um diálogo entre nós, leitores que tivemos coragem de procurar poesia neste livro, e esta outra voz… essa outra voz o quê? Tão outra em suas margens absolutas, em suas múltiplas alteridades martirizadas por tantos dos grandes estigmas de nosso tempo perversamente categorizador. É tempo de saber os nomes que cabem na boca dos algozes. aramyz vai te lembrar da urgência de um estado de alerta que não seja doentio, um modo de ver a violência passar, e rasgar, como se a víssemos de fora. Só a vê com a sabedoria da distância quem a sente na pele a na alma. O coração pergunta a cada verso seco: como poderei acompanhar a velocidade implacável de aramyz pelas ruas e casas e as demais instituições fundamentais — petrificadas? —, captadas por seu olho ligeiro, ele, que tudo vê de cima de suas máquinas envenenadas e velozes, múltiplas, servindo a quem não merece, acuado a observar e envolver-se, todos os dias, sem descanso, rastreando como cobra criada o ciclo da violência presente em todas as áreas da vida — e da morte mais indigna — numa guerra de narrativas que é constante, aguda, cruel.

Em sua estreia na poesia, aramyz arma o palco numa coletânea teatral, fazendo desfilar rápidos poemas como um carrossel dos horrores. Cospe de volta as balas-palavras que alguma vez tentaram imputar a seu corpo e aos de muitos de nós, dissidentes de uma masculinidade em crise histórica, de um racismo que insiste em desumanizar e manter privilégios, de um país desigual onde a margem é formada por uma maioria que se digladia em cima de cacos de ideologias desesperadas, chutando pra fora da própria pobreza seus párias, como numa lgbtfobia que serve à manutenção do poder. aramyz capta muito bem esse mecanismo ao nos mostrar que o estado de guerra constante em que chegamos neste novo século nos exige que achemos continuamente alguém pior que nós. Há sempre outro coitado que precisa ser posto em seu devido lugar. É extremamente ofensivo que os párias sintam algum prazer. E totalmente ridículo que queiram validar a dignidade de algum afeto. aramyz ergue uma voz de vocação épica, capaz de absorver múltiplas versões do fato em meio às multidões nas encruzilhadas perdidas, e ainda com entonação dramática e lírica. Sabe que também se cega, mas assim era Homero e tantos outros grandes rapsodos com visão panorâmica o suficiente para nos ensinarem alguma alegria de viver em meio às complexidades de todo um modo de civilizar posto em xeque. Cada um por si, a poesia para quem a respirar. aramyz tem a generosidade de nos apresentar seu carrossel dos horrores com as palavras mais simples, pinçando do cotidiano aquelas frases violentamente contraditórias que ainda usamos como lugares-comuns e inconscientes de uma cultura fundada na invasão, exploração, colonização e deploração das alteridades. Os versos curtos deste escritor-poeta, que em tão pouco tempo já chamou a atenção em prêmios além-mar, mescla com muita naturalidade certa tradição literária de nossos grandes poetas dissidentes de classe, os mesmos que hoje se interessariam pelas outras formas usadas com desenvoltura por aramyz, mais periféricas, pulsantes, urgentes e claríssimas, como a canção, o slam, as cantigas de diversos territórios de resistência em nossa vasta brasilidade bastarda.

É possível respirar o caos. Um pulso por vez, podemos brincar e entrelaçar tantas vozes perdidas — à esquerda e à direita, não nos sobra ilusão. O todo-dia de aramyz não deixa de passar seu bisturi em indivíduos opostos, repondo cada um de nós à nossa função na guerra de narrativas. Coloca lado a lado as vozes da resistência e aquelas que tentam aniquilá-las. Nos entrega tudo e deixa a decisão em nosso colo. Ele não pede que façamos algo, é uma voz urgente que emerge naturalmente sem pedir trocado. Ninguém quer passear de graça pela rota dos venenos, mas aramyz nos conduz com ágil graciosidade — nos serve sem nos servir. É bem evidente, se atentarmos à sua trajetória meteórica, que a parada agora é outra. Veja se consegue respirar-se aqui.

Alexandre Rabelo

um gay

você sabe como se sente um gay
quando descobre que é gay?
você sabe como se sente um gay quando
precisa se negar?
você sabe como se sente um gay andando
na madrugada?
você sabe como se sente um gay quando tem
[que gritar gol?
você sabe como se sente um gay quando
perguntam se ele é gay?
você sabe como se sente um gay na reunião
de família?
você sabe como se sente um gay quando
ouve piadas sobre gay?
você sabe como se sente um gay quando dizem,
eu já sabia?
você sabe como se sente um gay quando
[perguntam
quem é a mulher da relação?
você sabe como se sente um gay quando ouve

que é pecado ser gay?
você sabe como se sente um gay
quando descobre que é gay?

ressignificação

o que odeiam no gay não é apenas sua
[sexualidade
o que odeiam no gay é seu instinto animal
o que odeiam no gay é o romper da bolha
o que odeiam no gay é a quebra de paradigmas
o que odeiam no gay é toda sua pluralidade
o que odeiam no gay é toda sua verdade
[assumida
o que odeiam no gay não é apenas sua
[sexualidade
o que odeiam no gay é a ressignificação do que
[veio com outra função
o que odeiam no gay é o mesmo que odeiam em
[qualquer ser humano que não se enquadra em
[regras pré-estabelecidas
o que odeiam no gay é ele ser o avesso dos
[avessos ditatoriais
o que odeiam no gay não é apenas sua sexualidade
o que odeiam no gay é sua liberdade.

o preço de ser

era só um menino, e já
tinha desejos de homem
era um desejo gigante
desejava homens, meninos
homens, como ele, desejo
de homem por homens
homens meninos, sexo
masculino, todos meninos
como ele, meninos da
sua idade, já cheios de
preconceitos e maldade,
ele já pagava um preço
alto, bem alto, muito alto
pelo seu desejo, pelo que
já era, sem saber que era,
era só um menino com
desejo de homem, de
homem por homens, um
menino com desejo de
homem, não entendia seu

desejo, nem sabia por que
nascera assim, só nascera
sabia-se diferente
homem menino desejando
iguais, amando iguais
chorando por iguais, e ele
não entendia, ele era um
menino, era só um menino.

agora

o menino está gritando
acudam o menino
o menino foi machucado
o menino está com dor
na cabeça
nas partes íntimas
no futuro
o menino sente as pedradas
o menino sente os xingos
o menino sente as ofensas
sente como se fossem flechas
o coração do menino
está doendo
o menino está todo doendo
o coração do menino
está machucado
o futuro do menino está
comprometido
o menino tem medo
acudam o menino

o menino está com dor
o menino está chorando
em silêncio
vai ser assim
todos os dias
todas as horas
vai ser assim pra sempre
o menino está sufocando
ouçam
ele não vai aguentar
o menino vai silenciosamente
gritar
até estourar
as cordas vocais
os tímpanos
até parar o coração
até todos seus gatilhos
dispararem
ele não consegue saber
quando
ele não consegue pensar
qual a hora
ele só consegue gritar
o menino está gritando
está gritando em silêncio

ainda está gritando
ainda consegue gritar
corram todos
corram enquanto dá tempo
o menino não aguenta mais
acudam o menino
o menino está com dor
o menino está com muita dor.

naquele dia, fui correndo pra casa, me limpar

nunca parei de sangrar
só parei de morrer

nunca parei de morrer
só parei de sangrar.

fácil

teria sido mais fácil
se mãe fosse branca
se pai não fosse tão calado
se mãe não apanhasse lixo
se pai não fosse servente
se a residência fosse fixa
se Natal tivesse dia certo
se aniversário
fosse dia de parabéns
teria sido mais fácil
se não tivesse tantas crianças
se a geladeira fosse abastecida
se no fogão tivesse fogo
se no prato tivesse comida
se a cama não fosse o chão
se minha cabeça não tivesse piolhos
se o altar não fosse congá
teria sido mais fácil
sem marcas da exclusão
sem os abusos sexuais

sem os insultos verbais
sem a boca tapada
sem os atropelamentos no corredor
sem os enquadros da polícia
se eu não tivesse sido
um garoto afeminado.

essa hora

essa hora
exatamente nessa hora
tem uma mãe acordada
orando pela vida de seu filho

essa hora
exatamente agora
tem uma mãe chorando o
corpo de seu filho

essa hora
exatamente essa hora
tem uma mãe cuidando
das feridas de seu filho

essa hora
exatamente agora
tem uma mãe identificando
o corpo de seu filho

e essa mãe é pobre
e esse filho é preto
e esse filho é gay.

troca de conhecimento

não grita, doer,
é normal, com o tempo
você acostuma
é pra você aprender
eu mesmo aprendi
assim, fazendo com
quem não queria
todo mundo fez
o pedro fez com o
marcos, que fez com
thiago, que fez com
nicolas, que também
aprendeu com o pedro,
que fez comigo, fez
pra me ensinar, que
vou fazer com você
que vai ter que fazer
com todo mundo
porque parece menina.

tirem o viado da sala

o viado está na sala
tirem o viado da sala
as visitas estão chegando
melhor não espantar as visitas
o pai fala
você não ia sair?
a mãe incentiva
o sol está a pino
o dia está tão bonito
sai, vai viver.
quem sabe, desidrate
adoeça
desapareça
o irmão, só desconforto
agarrado à namorada
o viado está na sala
melhor não ter
um viado na sala
quando chegam visitas
quando vem pastor

amigo da firma
parente distante
o viado está na sala
se ficasse calado
se não abanasse tanto
as mãos
se não tivesse esse
cabelo moderno
se não usasse roupa
tão colorida
podia até ficar
mas um viado
tão viado,
melhor não
tirem o viado da sala
esconde no quarto
com a porta trancada
devolve pro armário
deixa bem dobrado,
enrolado
junto das meias
faz o viado sair
pra rua
pro fundo do quintal

um viado na sala
envergonha a família
espanta as visitas
afronta a moral
todas as morais
a nossa
e a das visitas
as visitas estão na porta
façam alguma coisa
qualquer coisa
depressa
tirem o viado da sala.

guardião

quando eu me for
cremem meu corpo
entreguem as cinzas
ao meu amado
a vida toda fui jogado
jogado fora
jogado na rua
jogado aos lobos
jogado aos abutres
entreguem a ele
minhas cinzas
não quero ser jogado
fora, outra vez.

mãe

acabei de matar um homem, mãe
ele estava aqui agora, mãe
me apontando o dedo, mãe
me cuspindo a face, mãe
ele riu muito de mim, mãe
tentou me matar, mãe
agora, só preciso do seu abraço, mãe
acabei de matar um homem, mãe
ele estava pesando, mãe
sei que você vai ficar enfurecida, mãe
mas não dava mais, mãe
aguentei enquanto pude, mãe
não conseguia mais olhar pra ele, mãe
eu sei que você o amava, mãe
sinto muito, tive que matar, mãe
as ideias dele me perturbavam, mãe
a crueldade dele me atormentava, mãe
me perdoe, mãe
só me abraça forte, mãe
me ajuda a dispensar o corpo dele, mãe

vamos cavar um buraco juntos, mãe
me ajuda a enterrar o homem, mãe
não me abandone agora, mãe
eu sei que você o amava, mãe
sei que carregou o corpo dele, mãe
sei que sentiu as dores, mãe
sei que o amamentou, mãe
sei que sonhou coisas pra ele, mãe
sinto muito, mãe
estava insuportável, mãe
aguentei o quanto pude, mãe
cansei, mãe
tive que matar aquele homem, mãe
fiz outro, coloquei em seu lugar, mãe
ele é mais leve, mãe
ele continua com o mesmo nome, mãe
só que mais feliz, mãe
ele não segue regras, mãe
ele não se veste mais de luto, mãe
ele tem seus olhos, mãe
ele também vai te chamar de mãe, mãe
você vai poder chamá-lo de filho, mãe
ele vai continuar sendo seu filho, mãe
só que é outro homem, mãe
não me deixe sozinho agora, mãe

matei, mas não sou assassino, mãe
só não me vire as costas, mãe
só não me vire as costas.

boa noite, cinderela

o cara do aplicativo
era um sonho
parecia um príncipe

até disse boa-noite
e alguma coisa

não sabe exatamente o quê
não conseguiu ouvir

dormiu por três dias

acordou leve
sem tônus, sem memória
e com o apartamento vazio.

o preconceito dos iguais

ele não é padrão de beleza,
nunca parou trânsito
tem barriga saliente
cabelo ficando escasso
idade?
mais passado que futuro
não se acha afeminado
e nem supermacho
se diz um pouco dotado

é operário,
como tantos e tantas
mora de aluguel
não tem carro
não cursou faculdade
não fala idiomas
não vê filme de arte
não tem TV por assinatura
partilha o cat net do bairro
janta com o prato na mão
enquanto vê novela

acorda todo dia, cedo
come seu cuscuz
reza e pede proteção pra
Senhora de Aparecida
se benze, pega marmita
sai correndo
chega no trabalho suado

no final de semana
depois do quinto dia útil
vai pro forró das gays
como ele mesmo
chama o lugar
bebe sua consumação
e dança lembrando
de sua terra natal.
espera o metrô abrir
volta pra casa
dorme todo o domingo

sonha comer as
coisas que aparecem no
programa da loira
beijar na boca
um galã de novela

um super-herói
ou um malhado
de desenho animado

pensa, e até tropeça
nos pensamentos
que um dia
vai ser o único ganhador
do prêmio da loteria
e tudo vai mudar
vai aprender dirigir
ter um ônibus só seu
como os dos filmes
que tem tudo dentro
pra morar onde quiser
usar perfume bom
desses que se sente de
longe, pra abafar
quando chegar
e nunca, nunca, nunca
nunca mais vai ouvir
olha a bicha penosa
de tantos
que iguais a ele
também enchem de água

a lata de cerveja, já vazia
na pia do banheiro
lá no forró das gays.

um quarto vazio

o quarto do meu menino está vazio.
faz dois anos que o quarto do meu menino
está vazio.
ninguém entra mais
no quarto do meu menino.
o quarto do meu menino
virou um santuário
um museu
que não canso de visitar.
o quarto do meu menino
guarda todas suas coisas
as que eu já sabia
e outras que nunca sonhei.
o quarto do meu menino
era esconderijo
cofre de segredos, medos
lugar de calada oração.
entrei no quarto preservado
do meu menino
abracei seu travesseiro

beijei suas roupas
bebi a sua memória.
no quarto do meu menino
ninguém entra
não deixo ninguém tocar
nas reminiscências
do meu menino...
o quarto do meu menino
ainda preserva seu cheiro
as marcas de suas mãos
na parede.
numa parte separada do guarda-roupas
no quarto do meu menino
coloquei a camisa ensanguentada
de quando ele foi encontrado
a camisa que tirei lentamente
do corpo violado do meu menino.
no quarto do meu menino
choro por todas as vezes
que silenciei.
no quarto do meu menino
me perco de mim
grito, perdão, perdão, perdão.
perdão por todas as vezes
que me calei

perdão por todas as horas
que deixei de dizer.
nada importa
te amo, te amo e te amo.
grito e choro e engasgo
me rasgo, engulo, me esfrangalho
me dilacero e me retalho
todas as vezes que entro
no quarto, agora vazio
do meu menino.

cores

tenho usado luto
desde aquele dia
não o luto da viuvez
velado
o luto consentido
da neutralidade
o luto das tonalidades
claras
intensidades fracas
cores frias
que não transmitem sensações
azul
azul encardido
azul desmaiado
o máximo de ousadia
que me permito
desde aquele dia
escondido
dentro de casa
são os rosa

todos os rosa
abusados
desavergonhados
descarados
feito eu
esqueci as cores das cores
desde aquele dia
as cores intensas
escancaradas
me doem a vista
me faz arder
lacrimejar
prefiro as cores pálidas
esmaecidas
desbotadas
que não berram
a quarteirões
tenho usado
cores sem abuso
cores caladas
empaladas
como os dias
depois daquele dia.

etiqueta do setor de achados e perdidos

aliança com o nome de dois homens
atestado de óbito
no nome de um deles
causa da morte:
homicídio.

antes que tenha falatório

já pra dentro
não quero você no
portão, de papo
com esse aí

esse aí era meu amor
meu primeiro amor

e eu, esse aqui
fui seu último amor

em terra onde a justiça
se faz com as próprias mãos
e o machismo mata
pessoas desaparecem
até mesmo no portão.

sem despedida

suas malas estavam na porta
sua samambaia
&
seu cachorro
com a coleira do lado.
melhor você ir
segue teu caminho —
foi o que ouviu do pai
evangélico
recém-convertido.
entrou calmo na casa
&
foi olhar os armários
não estava mais
dentro de nenhum deles.
está tudo aí
pra você não inventar desculpa
&
voltar pra buscar.
a mãe quieta

submissa
cabisbaixa
&
obediente
ao lado do pai
aquele novo cristão
de direita.
a irmãzinha chorava
enquanto via desenho gospel.
esquece que tem pai
esquece que tem mãe
esquece que tem família
esquece da gente
queremos ficar em paz
com Deus.
ele sabia que aquela
era a nova realidade
do pai.
não vou ser conivente
com seu pecado mortal.
já vou, se é assim, já vou.
a irmãzinha
correu
&
o abraçou.

olhou a mãe
continuava quieta
submissa
cabisbaixa
&
obediente
segurava a mão do pai
chegou a ter um impulso
quase involuntário
de se levantar
mas a fisgada do medo
foi maior.
colocou a coleira no cão
pegou a mochila
que devia conter suas meias
cuecas
&
perfume.
levantou a mala
a mala estava leve
nunca foi de muitas roupas
&
foi saindo.
se quiser
pode levar o colchão

foram as últimas palavras
do pai.
por um instante
titubeou
melhor não —
nunca foi de carregar pesos
nenhum peso.

dor

esperou sentada, na sala
a noite toda
esperou sentada, na cozinha
até o meio-dia
esperou sentada, na delegacia
o atendimento pra fazer B.O.
esperou por dias em pé
no portão.
até que um dia
foi avisada
acharam um corpo
que bem podia ser o do irmão.
foi chamada pra fazer o reconhecimento
era o irmão
menino ainda
o seu irmão
na cara o menino, algo que nunca tinha visto
além da doçura e do constante olhar sereno
olhar esbugalhado e assustado
de quem via a morte

de frente
de perto
dentes serrados de dor
no peito dele
a tatuagem
de São Sebastião
seu santo de adoração.

nada demais

o viadinho pediu
olhou o cara
encarou
sabe como é viado novo
tudo atrevido
fica vistando na caruda
o cara não gostou
o cara era sujeito homem
sangue subiu
homem que é homem
não curte essas paradas
de ser olhado por viado
deu umas porradas, de leve
muito de leve, eu vi
nada demais
nem bateu pra machucar
bateu pra situar
surra educacional
bateu pra instruir
bateu a cota, o normal

o viadinho não segurou
o reggae, bichinha frágil
ficou aí chorando
se vitimizando
viado que não se dá ao respeito
pede pra apanhar, apanhou
apanhou o normal
nada demais
ainda é viadinho novo, vai
acabar se acostumando
o cara foi até de boa, só bateu
o que todo mundo bate
a cota, o de sempre, o normal.

epitáfio

filho amado
perdão por te dar esse mundo
perdão pela brutalidade dos homens
perdão por essa dor
sei que o tempo é do Criador, mas
a boa hora foi minha
no dia do encontro final
pegarei tua mão, e
juntos falaremos com Deus, e então
vou perguntar, o porquê.
Ele nos deve uma explicação.

bicha velha

a bicha velha morreu
a família não fala
suspeita-se de suicídio
ataúde lacrado
a família não fala o porquê
do lacre
a irmã homofóbica da bicha velha
cuidou do enterro
nenhum amigo compareceu
não foram avisados
da morte da bicha velha
o apartamento da bicha velha
já está à venda
a própria irmã, inventariante
é o contato da imobiliária
as roupas da bicha velha
foram doadas
os móveis da bicha velha
vendidos para um antiquário
o carro da bicha velha

já está com o sobrinho
que odeia viados
no parapeito tem outras bichas
comenta-se
prontas pra pular
bichas velhas
como ela
bichas depressivas
bichas gordas
bichas poc
bichas pretas
bichas deficientes
bichas e mais bichas
todas execradas pela sociedade
pela família
e até por outras bichas.

libido

toma o remédio
toma na hora certa
vai diminuir tua libido
essa vontade louca de pecar
se não resolver
volta aqui
te dou um mais forte
fazemos uma oração.
é assim que tem que ser
logo você se acerta
consegue sair desse pecado
perde essas vontades imundas
conhece uma serva de Deus
e cumpre os mandamentos
toma o remédio
toma na hora certa
nada de novela
filme, só evangélico
evite alimentos fálicos
na rua, cabeça baixa

não esquece seu propósito
não desiste de jejuar
quando vier vontade
se chicoteia
ajoelha e ora
ora até cansar
até o joelho esfolar
se segura no Livro Santo
e oração.
toma o remédio
toma na hora certa
vai te dar sono
vai te derrubar
vai te ajudar a se curar.

cara de ódio

tem alguém me olhando
com ódio
tem alguém me julgando
dando o veredicto
culpado
descarado
escolheu ser assim
tanta mulher no mundo
e esse imundo foi gostar
de macho
não dizem
mas vejo
nas caras de nojo
nos olhares de desdém
melhor ficar quieto
essas porra agora é tudo
cheio de direito
todos têm direito
viado
mulher

nordestino
preto
sussurram
com lábios e olhos
atiradores
vendo todo esse
ódio garrado nas
pessoas
tenho medo de uma hora
dessas
acordar morto.

ladrilhos

foi apedrejado
foi malhado
foi crucificado
não era Jesus
não era Judas
não era Madalena
nunca foi mártir
pra ser enforcado
nunca foi herói
pra ser assassinado
não praticou nada que
o fizesse ser torturado
era apenas um menino
que como tantos outros
trabalhava
estudava
amava a família
e queria ser feliz
tinha sonhos
até acordado

só mais um menino
cheio de fé
um menino que achou
que depois de uma caminhada
na parada
todas as ruas
&
becos escuros
eram pavimentados
com ladrilhos de arco-íris.

menino encardido

sei não
esse menino
vai dar trabalho
olha as coisas que gosta
outro dia tava brincando de
casinha, peteca, queimada
isso não é bom sinal
criado sem pai,
não tem referência
de homem
pra virar homem
exemplo de
homem de verdade
homem mesmo
não tem, nunca teve.
sei não
a mãe mima
a avó faz os gostos
as tias fazem igual
na casa só mora mulher

na escola
só anda com meninas
adora novela
sei não
nunca vi jogar futebol
fazer coisas que homem faz
a mãe coloca pra cuidar da
casa, lava roupa, limpar chão
faz até comida
daqui a pouco, está fazendo
crochê
sei não
não gosto de falar
pode ser que mude
mas acho difícil
muito difícil
já viu os traços dele?
mais pra cá que pra lá
credo em cruz
nem quero pensar
me dá até uma coisa
fico até com mauősságio
na hora que esse menino se soltar
de vez
não vai ter cabresto que segure

não desejo mal pra esse inocente
mas uma hora
nunca se sabe
tô só esperando.
do jeito que é desaforado
com essa mãozinha na cintura
roda a baiana
roda a banca
sobe na tamanca
bota a roupa da mãe, e aí
só quero ver
isso é de confusão
algazarra
barulho
complicação
tô só esperando pra ver
o teretetê
o fuzuê.

com o cinto na mão

ele bebia
&
me batia
ele bebia
&
batia em mãe
ele bebia
&
já chegava
com o cinto na mão
batendo em mãe
batendo em mim
todo dia apanhava
todo dia, ele me batia
ele me xingava
todo dia me xingava
tapas na cara
soco nas costas
cintadas
&
tome por isso

&
tome por aquilo
&
tome tino
&
tome vergonha na cara
vire homem
&
tome xingos
&
tome ofensas
&
tome mais socos
tapas
cintadas
gritaria.
isso é pela vergonha
esse é pela patifaria
esse é pela audácia
esse é pela afronta
&
a culpa é tua, mulher
&
tome chibatada
vergalhão subindo

pele ferindo
hematoma
escoriação.
o cheiro de cachaça
saia pelos poros
pela boca
pelas ventas
inundava a casa
depois deitava
desmaiava
&
esquecia.
um dia,
não aguentou mais
seu braço parou no ar
seu corpo tombou
ficou mais vermelho
que as marcas
que deixou
suspirou fundo
profundo
&
parou de existir.
as marcas?
todas aqui.

no pelo

só faço no pelo
camisinha me brocha
o outro estava tão
carente
perdido de si mesmo
em desespero de amor
que nem se preocupou
com o que viria depois.

isto não é poesia, é grito

mulher
agora é mulher?
mulher, o cacete
fala feito homem
se veste feito homem
se comporta como homem
então vai apanhar feito homem.

desce a borracha, cabo

sem dó.

do nada

cabeças raspadas
coturnos.
nas mãos, traziam
soqueira
soco inglês
bastão de beisebol
porretes
skate
fivelas de cinto
correntes com cadeado.
na boca
palavras de ordem
a ordem fabricada
pelo ódio
a ordem do ódio
da extrema direita.
quando vi
ou achei que estava
vendo
não sentia

mais o corpo
não sentia o chão
eu era só estatística
só mais um corpo
caído
sangrando
só.

escrito por todos nós

estamos todos em guetos
estamos todos enclausurados
mas insistimos em diminuir
desmerecer conquistas
diminuir dores
estigmatizar
desclassificar
reclassificar
classificar
sem piedade
sem dó
no pelo.
coisa de pobre
balada de viado
samba de negão
clube das mulheres
boteco de cachaceiro
risca-faca de nordestino
gíria de baitola
forró universitário

sotaque de baiano
restaurante de grã-fino
mulher de bandido
baile de favela
faculdade de nerd
filho de quenga
banheiro de pegação
brisa de maconheiro
bairro de bacana
menina mimada
show de puta
roupa de marca
escola de playboy
coisa de esquerdista
surto de autista
filho de mãe solteira
cu do mundo
loja de tiozinho
calçada da fama
filhinho de papai
literatura marginal
atitude de criança
arroz de festa
filho temporão
dia de branco

vida loka
boca de veludo
jogo comprado
velha assanhada
corno manso
garoto errado
roupa de crente
quebrada de maloqueiro
frango de macumba
festa de peão
gay afeminado
mina chave de cadeia
ganhou roubando
só é bonita maquiada
baiano metido a besta
mãe solteira
passou colando
gorda sem noção
corpo de anabolizante
cara de palhaço
filha de rapariga
música de corno
advogado porta de cadeia
habilitação por correspondência
&

assim escrevemos a história
sem se importar com a dor alheia
reclassificando
classificamos
&
estigmatizamos
sem piedade
sem dó
no pelo
fazemos tudo ser
mimimi
mimimi de feminista
mimimi de preto
mimimi de nordestino
mimimi de pobre
mimimi de estrangeiro
mimimi de operário
mimimi de favelado
mimimi de viado
mimimi.

zero

depois da parada
acaba a mídia
a visibilidade
e a tolerância também.

nossa senhora das travestis

Nossa Senhora das Travestis
foi censurada
Nossa Senhora das Travestis
não foi coroada
Nossa Senhora das Travestis
não é a Senhora Mãe de Jesus
Nossa Senhora das Travestis
não é a senhora, das sagradas escrituras
Nossa Senhora das Travestis
não quer desrespeitar outras senhoras
Nossa Senhora das Travestis
não quer afrontar nenhuma religião
Nossa Senhora das Travestis
não quer agredir nenhuma fé
Nossa Senhora das Travestis
é uma celebração
Nossa Senhora das Travestis
é um ato político
Nossa Senhora das Travestis
é um brinde à vida das execradas da sociedade

Nossa Senhora das Travestis
mostrou que a censura está viva
Nossa Senhora das Travestis
mais uma vez, mostrou a cara do Brasil
Nossa Senhora das Travestis
mostrou a intolerância
Nossa Senhora das Travestis
mesmo proibida

rogai por nós.

calça apertada

não se dá ao respeito
onde já se viu
olha a calça apertada
e essa blusinha
tomara que caia
culpa é da mãe
levou no candomblé
dizem que recebeu
santa mulher
uma que chora e se
olha no espelho
a tal da cachoeira
também virou
na pombagira
e atazanou os homens
na gira
teve mulher que quis sair
no braço
só não saiu
porque o pai-pequeno

apaziguou
depois disso
se assumiu de vez
deixa levar um sacode
pra ver se não muda
vira homem na hora
já falei pro meu marido
pro meu filho
e quem mais tiver vergonha
na cara
não dê ousadia
se der bom-dia
responde por educação
se puxar assunto
fala que tá com pressa
e vai reto
nem olha pra trás
não quero ver a dignidade
de filho meu
manchada
vocês têm hombridade
esse aí
não tem brio
já tá no lodo
chafurdando na lama

olha o nariz empinado
de audácia e atrevimento
gente assim
não tem nada a perder.

eco

você é viado?
ado ado ado ado
você é bicha?
icha icha icha icha
você é maricas?
icas icas icas icas
então deixe de frescura
ura ura ura ura
vire homem, deixe de boilagem
agem agem agem

e o eco daqueles dias ainda bombardeando minha cabeça.

em todos os lugares

não vai ser teu ódio
que vai me matar.
não vai ser essa cara de nojo
que vai me fazer desistir.
não vai ser me ignorando
que vou me tornar invisível.
estou ao seu lado
no ônibus lotado
no seu cabelo bem-cortado.
na roupa que você está usando
agora.
no design da sua cozinha sob medida.
no fecho do sutiã
da sua mulher.
na educação do seu filho.
na sua primeira experiência sexual.
no anúncio da TV.
não adianta fechar os olhos
também estou aí
no medo do seu filho ser “assim”
o seu pior pesadelo.

meu amigo

meu amigo foi morto
ontem
nem reconheci seu corpo
hoje
antes, foi espancado
ontem
jornais noticiaram
hoje
mutilaram seu corpo
ontem
urubus sobrevoavam
hoje
cortaram seu sexo
ontem
e mostraram o local
hoje
colocaram seu sexo em sua boca
ontem
todos fingiram estar abismados
hoje

dor, sofrimento e gritos sufocados
ontem
de todos vinha lamúria
hoje
havia muito sangue de
ontem
onde foi encontrado
hoje
ao lado colocaram uma página bíblica
ontem
nela leram a intolerância, do velho livro
hoje
fruto do fascismo, de antes de antes
ontem
fruto da intolerância,
ontem
hoje
sempre.

dois meninos

quando me pegou
no fundo do quintal
beijando na boca
o filho da vizinha
mãe ficou estática
mãe não brigou
mãe não falou nada.
naquele dia
foi a chibata quem teve
conversa séria comigo.

afronta

os amigos estavam assombrados
aquilo era imperdoável
ela que sempre foi diva
&
rainha
estava lá
sem o glamour
que tanto amava.
petrificada
adornada por cravos
&
monsenhores.
em sua última aparição
esmagada
dentro de um terno cinza.
o pai
resmungava
ele era homem
veio homem
vai embora como

homem
nasceu com bilau
e vai embora
com o tal.
até uma sobrancelha
grossa
mandou desenhar.
mas o que o genitor
não percebeu
é que antes de fechar
o caixão
um batom do nada
apareceu
e devolveu
a Tina Top
um glorioso bocão.

meu filho

tão dizendo o que do menino?
por acaso alguém pariu?
alguém sentiu dor?
alguém carregou o menino
pesando na barriga?
nos braços pra tomar vacina
alguém carrega o peso
de ser mãe de gay?
alguém sabe o medo que fico
quando ele sai?
alguém põe os joelhos no chão pra rezar
quando ele se demora?
alguém sabe o que é o meu coração
palpitando
saindo pela boca?
e medo
alguma sabe os medos que ele sente
os medos que eu sinto
medo
mãe de gay vive com medo

sabem o que é esse medo?
claro que não.
alguma de vocês
já colocou gelo na cara dele
quando os moleques
seus filhos
batiam nele na rua?
alguma desdentada
levou o menino no médico
na delegacia
pra fazer exame de corpo de delito
quando ele foi arrastado e abusado
perto do campinho
que os maridos de vocês frequentavam?
alguém foi com ele na psicóloga
na assistente social?
por acaso alguém passou o contato
do grupo de ajuda?
alguém segurou a mão dele e disse, estou aqui
vai ficar tudo bem?
alguma de vocês aconselhou meu menino
a usar camisinha
a tomar PrEP
a não andar de mão dada com o namorado
pra não levar coió de gente da laia vocês?

alguém aí já chorou com ele?
alguma matusquela aí já sorriu com ele?
não, né.
rir da cara dele, já riram muito.
tô errada?
me diz,
alguma das madama, se importa com ele?
comigo?
sabem me dizer?
e o cu?
falei cu, sim.
falei cu
cu
cu
falo quantos cu, eu quiser
cu
cu
quero saber do cu.
quero saber se o cu que ele dá,
é o dele ou é o de alguma de vocês?
alguém consegue falar?
anda, responde
ficaram mudas
todas se calaram?
prefiro assim

de matraca fechada
fechada e costurada
lavem a boca pra falar do meu menino.

tio miguel

tio miguel ficou no armário
mofando
sofrendo
guardado
escondido
se punindo
por 53 anos
no aniversário de 54
a família reunida
refrigerante
brigadeiros
beijinhos
salgados
&
bolo
depois dos parabéns
apagou a vela
todos em uníssono
gritaram
discurso

discurso
ele parou,
encarou um por um
falou do seu amor por todos
deu uma pausa
de contar o tempo
continuou
família, chegou a hora
escancarou a porta
todas as portas
as visíveis e as invisíveis
apresentou o constante amigo
como namorado
que não aguentava mais sofrer
mentir pras pessoas que amava
&
que a partir de agora
queria ser ele mesmo
queria ser feliz
um silêncio
como nunca tinha se ouvido
tomou conta daquela casa.
do nada, minha avó
virou pro namorado do meu tio
fala que ele está brincando

fala que ele está mentindo
caso contrário
todos pensarão que você é viado
esse meu filho é mesmo um fanfarrão
&
tudo voltou ao normal
a porta do armário se abriu
meu tio
mais uma vez entrou
trancou por dentro
jogou a chave fora
&
lá viveu até ontem
quando morreu.

asfalto

o asfalto deu um soco
na cara dele
nem encostei a mão
na fuça dele
posso ter esbarrado
no corpo dele
ele parece meio frágil
tombou
esses meninos delicados
são assim mesmo
quebradiços,
qualquer esbarrão, caem
agora tá na moda
cair
se fazer de vítima
se dizer minoria.
preto
mulher
estrangeiro
nordestino

pobre
viado.
todos alegando perseguição
dívida da sociedade
do Estado.
o asfalto também já me deu soco
porrada,
no estômago
na cara
caí
ninguém encostou a mão
na minha cara
ninguém esbarrou no meu corpo
tombei por tombar
acidentes acontecem
não sou um desses sujeitos
delicados
não fui criado pra ser
frágil
nunca fui
como esses meninos
vulneráveis
indefesos.
o Estado
não me deve nada

a sociedade
não me deve nada
ninguém me persegue
eu não deixo.
se cruzo o que não gosto
sacomé,
sou macho
resolvo minhas parada
sou sujeito homem
já dou um sacode
e o sujeito cai no chão.

cala a boca

não tem apartamento próprio?
não tem carro?
não viaja pro exterior?
não usa roupa de marca?
não tem poupança gorda?
não tem mesa farta?
não tem plano de saúde?
não tem casa na praia?
com essa idade, trabalhando?
como assim?
você é gay.
gay não tem ninguém
gay não tem filhos
gay não tem família
gay não tem compromissos
gay não tem responsabilidade
gay não dá satisfação a ninguém
gay não come em PF
gay guarda dinheiro
não é assim?

você é gay.
gay vive feliz.
gay vive em baladas
gay vive na academia
gay vive na moda
gay tem nível superior
gay consome as melhores drogas
gay só usa perfume importado
gay tem carro blindado
me fala, estou errado?
você é gay.
gay está sempre sorrindo
gay também passa perrecos?
sorri pra quê?
pra se enganar?
pra me iludir?
vai dizer que também sofre?
vai dizer que tem solidão?
geladeira vazia?
carrega botijão na mão?
junta moeda pra pagar condução?
come alimento vencido?
compra roupa de liquidação?
faz bola de sabonete?
fala aí

você é gay.
sorri pra o quê, pra quem?
sorri pra dizer que tá tudo bem?
sorri com essa vida de bosta?
você sorri de quê?
fala, viado.

todo viado

todo viado é igual
fala fino
odeia futebol
gosta de candomblé
é promíscuo
disseminou a aids
fez troca-troca na infância
apanhou na adolescência
cantou o melhor amigo
fode sem camisinha
é apegado à mãe
bate palma quando fala
gosta de novela
vive com a mão na cintura
transa em banheiro público
gosta de filme de arte
não se dá ao respeito
puxa ferro na academia
usa calcinha
gosta de fofoca

só tem amiga mulher
viado é viado
viado faz coisas de viado
todo viado é igual.

sem despedida

o meu amor se foi
não teve tempo de se despedir
não me disse adeus
não me deu um último beijo.
não segurou forte minha mão
nas horas finais
como havia prometido.
o meu amor se foi
o meu rosto não foi sua última visão
o cheiro da minha lavanda pós-barba
não foi o odor que chegou
às suas narinas
o gosto de gengibre de minha saliva
não foi sua última degustação.
os meus olhos de amante
não foram sua última imagem.
o meu amor se foi,
um rosto cheio de ódio
foi mirado por seus olhos
socorro, pode ter sido

sua última palavra
um gosto de ferro
foi o último sabor em sua boca.
o meu amor se foi
juramos amor eterno
prometemos lealdade
ele disse que seria meu
até o final.
meu amor não teve tempo
de se despedir
meu amor não falou meu nome
em suas horas finais
meu rosto não foi a imagem
que se perpetuou em sua íris.
o meu amor se foi,
noticiou-se crime de ódio
mais um crime de ódio.
sempre um crime de ódio.
meu amor se foi
e eu
este vazio
esta falta de palavras
esse prego no coração.
o meu amor se foi
eu vou falar a vida toda

o meu amor se foi
eu vou gritar a vida inteira
o meu amor se foi.

exemplo

ele é mais educado que as meninas
as visitas diziam
ele é mais caprichoso que as meninas
minha mãe dizia
ele é mais carinhoso que as meninas
minha avó dizia
ele é mais vaidoso que as meninas
todos diziam
ele é mais menina que as meninas
meu pai disse

e nunca mais se falou nada a meu respeito.

se aquieta, viado

não reclama, viado
fica quieta, bicha
quer mais o quê
direitos?
direitos pra quê, bicha?
gritar na rua?
isso você já faz.
quer mais, o quê
dar show de puta
na esquina, palco
aplausos?
não basta toda a risada
que a gente já dá?
já tem até um dia
pra você reclamar
direitos.
se enfeitar feito palhaço
se encher de glitter
purpurina
se equilibrar no salto

alto
se enfeitar de pena
feito pavão
e fazer seu carnaval.
tá reclamando de quê, viado?
tá querendo mais o quê
bichona
andar a luz do dia
achando que todo dia
é folia?
andar de parceria?
pra quê, viado?
você não pode procriar.
se segura, bicha
disfarça, viado.
olha o mau exemplo, flozô
se apruma, maricona
segura seu facho
senão o pau vai comer.
não fica empolgada
que o cacete é só porrada
pra fazer sangue correr
reclama não
diz que é menstruação
fala que caiu

levou rasteira da vida
pancada no dia a dia
no corre-corre, na lida.
não reclama, viado
fica quieta, bicha
tá querendo, mais o quê?
já pode votar nos seus
iguais
e os anormais
aparecem na TV
de peruca, batom e laquê.
já te criaram uma sigla
que parece abecedário
quer o quê, santuário?
quer, o quê, viado
quer, o quê, bichona
que além de suportar
a gente ame você?

travesti

hoje a minha amiga travesti
foi enterrada
a mãe da minha amiga travesti
chorou sua filha
as bichas, trans e travestis,
amigas da minha amiga travesti
pensaram, posso ser a próxima
os irmãos da minha amiga travesti
já falaram em herança
os clientes da minha amiga travesti
nunca saberão que ela se foi
o pai da minha amiga travesti
cuspiu em sua cova
o pastor que encomendou a alma
da minha amiga travesti
afrontosamente disse
tomara que "ele" tenha se arrependido
de todos seus pecados nas horas finais
os jornais que falaram sobre a minha amiga travesti
evidenciaram as estatísticas

hoje a minha amiga travesti
levou em silêncio o rosto de quem covardemente
[ceifou sua vida
e todes nós que somos bichas, trans e travestis
estamos sobre a mira
e todes nós que somos bichas, trans e travestis
corremos o mesmo risco
ser apenas estatística.

sangue

isso não é frescura
é sangue
que transformou meu rosto em mangue.
foi porrada
dada
feito tiro
feito rajada
por um fascista que me disse
viado tem morrer.

sempre

quando passou na mesma rua de sempre
na mesma hora de sempre
na mesma vila de sempre
não sabia que a chacina esperava na esquina
como sempre.
a carnificina
foi
como sempre, anunciada
sua triste sina;
no local onde foi ultrajado
só ficou o muro
só ficou o muro ensanguentado
onde sempre esteve escrito:
morre, viado.

a cor é hematoma

então é assim
tudo explicado
tudo explicitado.
então é assim
tudo avaliado
tudo analisado.
então é assim
ela falou
ela avisou.
então é assim
a velha moral se instalou
a sociedade concordou.
então é assim
preconceito patrocinado
porrada e tabefe liberado.
meninas vestem rosa
meninos vestem azul
viados vestem roxo.

censo sem senso

você acredita em quê?
Deus, Exu, Nossa Senhora
essa guia, esse terço
esse quipá do judaísmo.
essa bandeira gay
esse estandarte de paz
o emblema do timão
você é o quê?
hétero, bissexual
viado não praticante?
ativo, passivo
não curte penetração?
prefere filmes, novela
não é chegado em televisão?
é carnívoro, vegetariano
faz regime alimentar?
é cis, trans, travesti?
primogênito, unigênito
temporão?
autônomo, contratado

é contra CLT?
é mudo, calado
não gosta de falar?
prefere calça, bermuda
é adepto de nudismo?
faz pilates, natação,
musculação?
toma floral, alopatia
prefere simpatia?
vota na esquerda, direita
indeciso?
fez implante, usa dentadura
ainda tem o dente siso?
tem endereço, é nômade
turista?
esse olhar perdido, esse silêncio
você é autista?
compra à vista, parcelado
tem nome no SPC?
sociopata, deprimido
perturbado?

sem saber o que dizer
respondi:

vai só olhar
vai embrulhar pra levar
ou vai comer?

na bio da bill faltou escrever: viado

retardado
maluco
problemático
abilolado
encardido
sujo
esbranquiçado
pardo
castanho
amarronzado
cafuzo
caburé
ensombrado
confuso
perplexo
anarquizado
assexuado
brocha
tarado
autista

centrado
calado
organizado
medicado
dopado
acadêmico
cognitado
letrado
proletário
invasor
favelado
funcionário
trabalhador
assalariado
contista
poeta
catalogado
esquerdista
anarquista
politizado
rebelde
subversivo
revoltado
católico
evangélico
emacumbando.

negação

soco inglês, estilete, chave de fenda
canivete, porrete, faca, facão, correntes

não sou bicha, não sou gay, não sou viado
não sou bicha, não sou gay, não sou viado
não sou bicha, não sou gay, não sou viado

chutes, porrada, sopapos, chutes
chutes, porrada, sopapos, chutes
chutes, porrada, sopapos, chutes

gritei, gritei, gritei, gritei
gritei, gritei, gritei, gritei
gritei, gritei, gritei, gritei

soco inglês, estilete, chave de fenda
canivete, porrete, faca, facão, correntes

odeio bicha, odeio gay, odeio viado
odeio bicha, odeio gay, odeio viado
odeio bicha, odeio gay, odeio viado

chutes, porrada, sopapos, chutes
chutes, porrada, sopapos, chutes
chutes, porrada, sopapos, chutes

me neguei, me neguei, me neguei
me neguei, me neguei, me neguei
me neguei, me neguei, me neguei

soco inglês, estilete, chave de fenda
canivete, porrete, faca, facão, correntes

gritei até todas as janelas serem abertas
gritei até de todas das janelas virem gritos
gritei até os gritos se misturarem aos meus gritos
gritei até meus gritos se juntarem com outros gritos

gritei até todos os gritos formarem um só grito

gritei, gritei, gritei, me neguei
gritei, gritei, gritei, me neguei
gritei, gritei, gritei, me neguei

gritei pra não morrer.

masturbação

os filhos que gerei
enquanto pensava em você
respingaram na parede
desceram pelo ralo.
os filhos que gerei
não farão serviços forçados
não serão escravos do poder.
os filhos que gerei
secaram na cueca
foram estrangulados por estas mãos
que te acariciam a barba.
os filhos que gerei
não serão nazistas, nem fascistas
muito menos porcos chauvinistas.
os filhos que gerei
não terão que engolir desaforos calados
mesmo tendo sido sufocados.
os filhos que gerei
não dirão: "tendeu".
os filhos que gerei

mergulharam na privada
foram mergulhar nos esgotos.
os filhos que gerei
não precisarão ser abortados
não conhecerão a miséria humana.
os filhos que gerei
foram pisoteados pelo cão
viraram alimento da terra.
os filhos que gerei
já vieram conhecendo a liberdade
nunca precisarão de passaporte para transitar.
os filhos que gerei
saíram em disparada
sem medo de bala perdida
os filhos que gerei
foram esfacelados
mas nunca serão dizimados.
os filhos que gerei
não conhecerão o racismo
nunca serão acorrentados.
os filhos que gerei
foram mutilados
chafurdaram na lama, no lodo.
os filhos que gerei
não serão abandonados feito cães

não pegarão filas mendigando pão.
os filhos que gerei
não dependerão de drogas lícitas
não usarão as ilícitas.
os filhos que gerei
não conhecerão a fúria dos homens
não sofrerão agressão policial.
os filhos que gerei
não suportarão juízes injustos
não conhecerão professores medíocres.
os filhos que gerei
nadam livremente por veias manilhas
sem conhecer maldição familiar.
os filhos que gerei
não levarão porradas
não serão encoxados no trensão.
os filhos que gerei
não votarão em ladrões
não serão vítimas de bordões.
os filhos que gerei
não serão chamados de viado
sapatão
travesti
pra ser insultado
depreciado

não serão condenados sem ser julgados.
os filhos que gerei
não terão credo algum
nunca terão que ser hipócritas
não consumirão quinquilharias.
os filhos que gerei
não serão inválidos dependentes do Estado
não conhecerão o abandono da velhice.
os filhos que gerei
nunca nascerão
são meninos e meninas sem rosto
mas, se o tivessem, seria o seu,
já que os gerei
enquanto pensava em você.

outro mesmo caminho

no caminho de casa
tinha reprovação
insultos
uma longa estrada
de xingos
afrontas
espinhos
terrores.
no caminho de casa
tinha o pai
a mãe
a escolha
de palavras inventadas
com significados
duvidosos.
tinha uma estrela
que mais parecia
constelação.
tinha lei,
obrigação

a esperança de chegar
vivo
sendo menino
menina
menine.
no caminho de casa
tinha uma longa espera
do tempo de desabrochar
que nunca deixava
meses, dias e horas passar.
no caminho de casa
não tinha a casa
era só céu
sangue escorrendo
e mão
tateando o chão.

brinquedos

as bonecas da irmã
eram mais interessantes
que carrinhos
soldados com pistola
raquetes
&
bolas
que sempre ganhou.
a maleta de maquiagens
da mãe
era mais atrativa
que a caixa de ferramentas
do pai.
desde menino
sabia o que queria,
as pessoas é que não sabiam
o que dar.

solidão

acha que é fácil ficar
sozinho?
acha que eu gosto de
acordar só?
acha mesmo que gay
acorda feliz, sorrindo?
que gay abre o app e
tem companhia a hora
que bem quer,
chove oferta de sexo?
se você for novo
novo é até os trinta
se você for bonito
se você for malhado
se você tiver local
se você for dotado
se você for ativo
se você morar só
se você for independente
se você não for afeminado

vai chover ofertas
caso contrário…

homofóbico, eu?

não sou homofóbico
tenho um primo gay
gente boa
muito engraçado.
o cara que corta meu cabelo
é gay, me respeita e é
bem amulherado.
não sou homofóbico
já fui na Parada, e
ri muito dos viados
respeito muito, é
um povo divertido
engraçado.
não tenho preconceito
não sou homofóbico
trato todo mundo igual
até já me vesti de bicha
no Carnaval.

formação

na sala de aula
a professora falou sobre preconceitos
racismo
aporofobia
homofobia
transfobia
gordofobia
machismo
feminismo
em casa
o filho falou ao pai sobre a aula.
no dia seguinte
um pai, uma mãe, uma tia
falaram com diretora sobre a aula
do dia anterior.
algumas horas depois a diretora alertou
a professora,
melhor não discutir gênero e sexualidade
na sala de aula
como no dia anterior.
em dia nenhum.

perigo

é perigoso um gay
andar à noite
é perigoso um gay
andar sozinho à noite
é perigoso uma lésbica
andar à noite
é perigoso uma lésbica
andar sozinha à noite
é perigoso uma trans
andar à noite
é perigoso uma trans
andar sozinha à noite
é perigoso um casal de iguais
andar de mãos dadas
é perigoso um casal de iguais
andar de mãos dadas à noite
digo, de manhã.
retifico, depois do almoço.
vou refazer.
é perigoso um casal de iguais

andar de mãos dadas
é perigoso um casal de iguais
andar de mãos dadas
a qualquer hora do dia.
é perigoso um casal de iguais
andar de mãos dadas
a qualquer hora da noite.
é perigoso um casal de iguais
demonstrar que se ama
nesses tristes dias
sem igualdade.

a culpa é do trânsito

primeira vez, juro
nunca saí com homem
não sou dessas coisas
não sou gay
juro
olha a aliança
sou casado
tenho mulher e filhos
estou aqui
por causa do trânsito
até tenho curiosidade
sei que não vou gostar
só quero saber
como é provar uma coisa
diferente
pode fazer o que quiser
bater
morder
só não arranha com a barba
e não deixa marca.

beijo na boca
também não
beijo na boca
é boiolagem
não sou viado
juro
olha a aliança
sou casado
entrei aqui por acaso
por causa do trânsito
entrei aqui
pra passar o tempo
nem sabia que tinha
esse tipo de coisa
achei que era só um
cinema
um cinema qualquer
calma, vai com calma
vai devagar
na maciota
estou com medo
nunca fiz isso
não sou bicha
juro
olha a aliança

sou casado
vamos logo
aos finalmentes
não tenho muito tempo
tenho hora pra chegar
só não vou agora
por causa do trânsito
só estou aqui
por causa do trânsito
o trânsito essa hora
todo fechado
tudo parado
tudo ferrado
esse não é meu roteiro
nunca foi meu trajeto
a gente é diferente
minha rua e a tua
não são paralelas
nem mesmo perpendiculares
não sou homossexual
juro
olha a aliança
sou casado
não tenho preconceito
juro

respeito vocês
só não quero isso pra mim
sou homem
gosto de mulher
gosto mesmo
juro
olha a aliança
sou casado
vai ser hoje
e nunca mais
só uma experiência
só estou aqui
por causa do trânsito.

é preciso repetir

o corpo de uma bicha
desovado
será sempre o corpo de uma bicha
assassinado
será sempre
apenas estatística
crime de violência
só isso
apenas isso
o corpo de uma bicha pobre
encontrado
será só o corpo de uma bicha pobre
assassinado
será sempre
estatística
crime de violência
só isso
apenas isso
o corpo de uma bicha preta e pobre
detectado

será sempre o corpo de uma bicha preta e pobre
assassinado
será sempre estatística
crime de violência
só isso
apenas isso
o corpo de uma bicha travesti
identificado
será sempre o corpo de uma bicha travesti
assassinado
será sempre
estatística
crime de violência
só isso
apenas isso
o corpo de uma bicha travesti preta
alvejado, derrubado
será sempre o corpo de uma bicha travesti preta
assassinado
será sempre
estatística
crime de violência
só isso
apenas isso.

vou continuar repetindo
corpo de bicha
corpo de bicha preta
corpo de bicha preta e pobre
corpo de travesti
corpo de travesti preta
corpo de travesti preta e pobre
corpo
corpos
corpos
corpos
corpos de todes nós.

engasgos

o café está servido.
meu pai está na mesa.
minha mãe está na mesa.
cadê o menino?
aí, bem aí, sempre aí.
sento.
olho meu pai. estou com medo
ouvi meu pai conversando com minha mãe
na noite anterior
e outras, e
ainda outras
o assunto era eu
o assunto sempre sou eu
de não dar tempo
de correr contra o tempo
de antes que seja tarde
de antes que não dê tempo
antes que fique igual teu irmão
um depravado
um desvirtuado.

engasgo
tapão nas costas.
engasgando com ar?
deixe o menino.
silêncio.
volto cedo. vou levar o menino pra conhecer a vida.
o menino sou eu, o assunto da noite anterior.
não quero
sei o que é a vida, a vida que ele diz
primeiro gole. quase não desce
entalo,
engasgo.
nervoso com quê?
não estou, nada, não é nada, nada não.
mordo o pão.
ele vai gostar.
engasgo.
está nervoso, esse menino só sabe engasgar.
não engasgando na hora que não deve engasgar
já tá de bom tamanho.
esqueço o café
esqueço o pão
mordo uma maçã
olham.
de fruta ele gosta.

é, ele gosta de fruta
precisa saber qual fruta
se a fruta
ou a fruta.
engasgo.
está nervoso?
tô, quero dizer, não tô, só a garganta
garganta coçando, só
só garganta coçando.
talvez febre
um pouco de febre.
mal-estar, teu tio tem mal-estar
muito mal-estar, nojo.
mal-estar? não, um pouco, tô bem, um pouco,
[talvez
só um pouco.
tô falando, esse menino é muito delicado.
não é delicado, ele é sensível
ele só é sensível.
igual teu irmão.
acho que já ouvi isso ontem
antes de ontem
vou ouvir amanhã
vou ouvir todo dia
engasgo.

que merda é essa?
engasgo, atrás de engasgo
acorda engasgado
dorme engasgando.
não tô engasgado, tô entalado.
tá entalado, deve ser refluxo
refluxo é emocional.
emocional, só o que me falta
filho emocional.
vou enfiar a mão na goela dele
quero ver se não desentala.
coisa da idade.
na idade dele, eu não era frágil
nunca fui
não entalava, não engasgava
não tinha refluxo, emocional, vou dizer
melhor não dizer, não digo, só olho
olha isso
parece que vai quebrar.
engasgo, entalo, refluxo.
não tenho paciência
o outro não é assim
tem namorada
joga futebol
culpa é tua, ouve, cuidado

observa,
vai ficar igual teu irmão.
deixe o menino.
vire homem, rapaz
só o que me falta, filho que entala
emocionalmente.
engasgo.
olha aí, de novo, é o que tô dizendo
você mimou.
vou conversar com ele.
no fogão?
na beira da pia?
quem vai conversar com ele hoje sou eu
e não vai ser aqui.
ele não tá bem, melhor deixar pra outro dia
melhor, por mim, estou pedindo.
mimado.
tá vendo?
você mima
olho e vejo teu irmão
tô perdendo a paciência.
e saí
mãe me olha
desengasgo.
deixe teu pai, dele, cuido eu

me ajude com a lida
depois ele esquece
faço ele esquecer
só se acostume
já devia ter se acostumado
e pare com esses engasgos
e esquece as besteiras de teu pai
tu sabe, é homem bruto
fala o que pensa, sem
pensar, sempre foi assim
teu pai, a vida toda
foi assim, pergunta
antes de perguntar
me ouve, se controle
e pare de engasgar, senão uma hora
tu sufoca,
com teu próprio engasgo
tu morre engasgado
tu sufoca
com teu próprio ar.
entende?
parei, parei
tá bem, por hoje
parei
amanhã, não sei

outro dia, talvez, depois
de amanhã, ou amanhã, volto a engasgar,
perco o ar.

depois, o silêncio

essa noite
ouvimos gritos
gritos de homem
com voz esganiçada
latidos
carro em velocidade
depois silêncio
miados de gato
e silêncio.
essa manhã
ouvimos gritos
gritos de mulher
a que primeiro viu
todos saíram
todos viram
um corpo de homem
homem preto
homem gay
homem viado
desovado

na quebrada.
essa tarde
ouvimos sirenes
da polícia
do resgate
depois silêncio
latidos
miados
barulho de criança
e tudo voltou
ao normal
a vida continua
talvez à noite
outro grito
talvez amanhã
outros gritos
latidos
miados
e o silêncio
da quebrada.
o silêncio
das quebradas.

instalando o app

homem de touro
casual, oral, amizade, contato, namoro
quero beijar, namorar, foder, gozar, me acabar
foto de rosto. sorrindo, sério
com cara de mistério?
nuds?
vai contra as diretrizes
putaria com censura.
que loucura!
fodeção com restrição
num site de pegação
pego um nu explicitado
deixo obscurecido
risco, rabisco
enquanto ouço Stravinsky
deixo o pau com referência de Kandinsky
estado civil
não tem largado, interditado?
namorando, relação aberta, solteiro, biscoiteiro,
[casado

status hiv
sem resposta, tomando PrEP, negativo, positivo
[indetectável?
santo, promíscuo, rodado
antes de responder as mensagens
vejo a distância, a altura, o peso
se procura relacionamento
se na política, tem posicionamento
depois olho a opção sexual
uau!!!
chega mensagem
mensagens
quando pode?
um se comporta feito lord
o outro
todo puto
quero submisso. tenho algemas
ignoro
cumpro todo um ritual, mesmo sabendo que
[vai ser inútil
tento não parecer fútil
muita punhetação, encheção
conversa banal
futilidades, amenidades, conversa barata

propostas de amor
tudo balela pra ver nu frontal
meu perfil é ousado
embora nebuloso
quase descarado,
fico com a caixa lotada
fotos liberadas, fotos anexadas
mensagens, taps, & o escambau
casual, pau amigo, casado discreto, pulando
[a cerca, trisal
eta!!!
tô fora. que treta!
respondo ou não respondo?
mensagens de passivos pipocam
ativos, quase não tem
afeminados, cis, com pinta de macho
se não for, faço voltar, e ainda leva esculacho
passivo pauzudo, passivo evangélico
passivo que topa tudo
passivos com cuceta
usando calcinha
bem menininha
fetiche? tem fetiche?
tenho olhos de azeviche

sou asmático, pelo de gato me faz mal
todos querem fotos de pau
querem mais fotos do pau, duro, bem duro,
[mais duro
tem foto do saco também?
Ave Maria, Pai Nosso, cruz credo
amém
nunca fui tão requisitado
nunca fui tão amado
deve ser por causa da foto enevoada do meu pau
deve ser só por causa da foto do meu pau
mensagens de ativos, ativos versáteis
ativos que fazem tudo, só não dão
ativos que querem passivos experientes
ativos que querem passivos arrombados
com cu largo, para serem fistados
ativos que querem só pegação, brotheragem,
[chupação
pedem fotos de rosto, sem óculos sem boné
paus dormindo, paus eretos, paus de pé
nuds?
retribuo. manda rosto, bunda, pau
manda sem rabisco, a foto enevoada, do tal
quer corpo?

vai no IML.
os que se dizem ativos, querem mais, pedem
[mais, exigem mais
topa tapa, cusparada, faz garganta profunda,
[mama até sufocar?
aguenta estocada, sem reclamar?
cuspe, engole?
tem púcio, prepúcio, pós-púcio?
procura o quê?
quer namorar ou só foder?
mora sozinho? tem local? quantos km? paga uber?
foto atual?
se não parecer, vai pagar bebida até ficar igual
abre a cam? topa dp anal?
lambidas no saco escrotal
sou ativo, mas pra você, abro exceção
sigilo, segredo, silêncio, discreto, reservado
tudo isso no app?
esse povo tá surtado
vamos só se pegar, se beijar, deixar rolar
vamos ver no que vai dar
querem tamanho, grossura, comparação
sugerem como parâmetro, o rolo do papel
[higiênico

detalhista na medida, que acadêmico!
o mesmo papo
todo mundo com a mesma fala
parece copiada e colada
pelo aparado, peludo, liso, depilado?
bizarrice é block
afeminado é block
trans é block
travesti é block
block
block
block também pra bichinha poc
gosto de metrossexual, escove os dentes, tome
[banho
venha perfumado
é um plus se for sarado
cheguei do trabalho, quero relaxar, estou estressado
lambo sovaco, sola do pé, curto hard, lance pesado
casual
não quer dizer impessoal
faça chuca, cristalina
me chame pra beber
tudo pode acontecer
ou até mesmo nada

não curto bicha drogada
silêncio é resposta, sacou?
seja homem pra dizer que não gostou
também já levei não, se insistir, é block
não curto idosos, só até minha idade ou menos
não curto moleque
não curto obesos
não curto fumantes
não curto bareback
não beijo na boca
não curto drogas
não curto scat
fora, bolsomion
se insistir
é block.
no meio de tanta loucura
tanta busca, tanta procura
uma mensagem, chamou atenção
de tão na contramão
topa hard?
couro, no pelo, sem cela
nem com boa noite “cinderela”
foder feito animal
coisa de macho, brutal

tomo PrEP
cola na grade pra um casual
topa um grupal?
vai rolar roleta russa
novinho safado
garantiu que tá zerado
o leke quer ser carimbado
parece sem sentido
querer ser convertido
tá doidão, tá chapado
topa tudo, quer hard total
vai dois ursos, uma barbie, eu e um papai
quer vitamina,
adrenalina.
vai ter 2 positivo
eu mesmo tô limpo, sou negativo
vou só zoar, leitar
1 km de você
birita e padê
bora foder?
block
e outro, mais outro, e outro, e outros
e aí? tá de boa? tenho poppers
tenho local, cola aqui

também tenho, só chegar
silêncio
cansei
começo me irritar
falo não, não e mais um não
virei o rei dos nãos
vou colecionar ofensa
arrogante
bichona pedante
biscoiteiro do caralho
bicha feia
maricona da santa ceia
viado pobre
gongado
enrolado
block
top
top
top.
chega.
lamento
isso, não aguento
preconceito generalizado, internalizado
muita gente que se acha

do pacote
a última bolacha
ainda com outras no estoque
aos montes, de lote
cansei desse auê
desinstalo o app
no xvideos não tem entrevista
ninguém pede meu curriculum
tudo à mostra, pequenos, grandes, descomunal
bunda, peito, boca e pau
estupro ensaiado se passando por consensual
tudo ritualesco
burlesco
tento, tento
lamento
tô careta, zureta
brocho até na punheta
descanso
criei ranço
tic tac
tic tac
olho no relógio
o despertador
no meu pulso

o do celular
celo lá
celo lar
celolar
celular
continuo
paro,
desligar, sair
meu corpo cansado
ado
ado
ado
o remédio que tomei
começa a fazer efeito
eito
eito
deito
meus olhos pregando
ando
ando
ando
olho pela janela
janela
ela

ela
a rua
tua
tua tua
acabou a folia
ia
ia
ia
amanhece o dia.

Aramyz

(nascido Elizeu do Carmo Munhoz) reside em São Paulo desde menino. Em 2022 foi diagnosticado com Síndrome de Asperger e, ao descobrir-se neuroatípico, conseguiu achar explicação para várias questões. Seu livro de estreia *Só as hienas matam sorrindo* (Urutau, 2021) foi semifinalista do Oceanos – Prêmio de Literatura em Língua Portuguesa. Participou das antologias *Parapeitos* (Selo DoBurro, 2020) e *Negociata na penumbra* (Ipê Amarelo, 2021). Na poesia, foi finalista do Concurso Tâmaras: poemas para depois do amanhã (2020) e do Prêmio Caio Fernando de Abreu de Literatura, 2020, com "Estranho seria se você soubesse". Publicou *Vidro à prova de pobre* (Urutau, 2022). *Todo dia é assim* (finalista do Prêmio Caio Fernando de Abreu, 2022) é seu livro de estreia na poesia.

HECATOMBE

[EDIÇÃO]
debora ribeiro rendelli
[REVISÃO]
marcella sarubi
[DIAGRAMAÇÃO]
victor h. azevedo
[PROJETO GRÁFICO E CAPA]
wladimir vaz
[COORDENAÇÃO GRÁFICA]
tiago fabris rendelli

dados internacionais de catalogação na publicação (CIP) de acordo com ISBD

aramyz
A661t todo dia é assim / aramyz. - cotia : hecatombe, 2023. 176 p. ;
11cm x 18,5cm. – (pajubá)

ISBN: 978-65-87938-88-2

1. literatura brasileira. 2. poesia. I. título. II. série.

CDD 869.1
2023-1066 CDU 821.134.3(81)-1

elaborado por vagner rodolfo da silva - CRB-8/9410

■ primeira edição
■ maio de 2023